LETTRE A M. N***

Londres, mars 1850.

Prenez le large, ou vous donnerez contre des écueils, des bas-fonds...

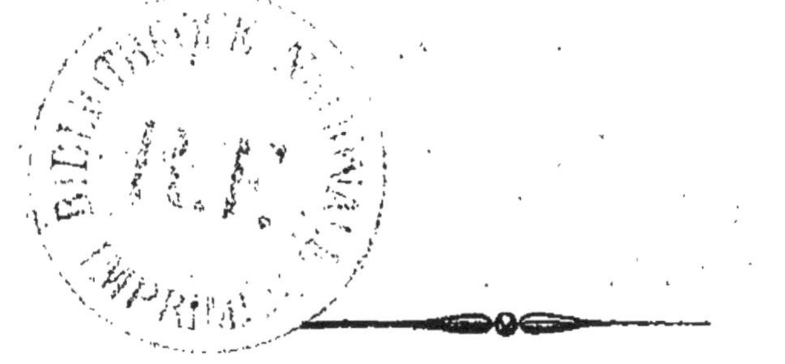

PARIS

CHEZ GARNIER FRÈRES, LIBRAIRES

PALAIS-NATIONAL, 215.

1850

Avis.

Les citations des journaux anglais sont en général empruntées au *Galignani's Messenger*, afin de faciliter la vérification aux Français.

LETTRE A M. N***.

La République n'a pas trouvé de Conseillers à l'étranger. — Elle n'en a pas trouvé de bons à l'intérieur.

Depuis que la République a été proclamée, en février, que le bien commun devait devenir l'objet du gouvernement et de tous, le bien n'en restait pas moins difficile à faire et surtout à bien faire.

L'Angleterre, avec sa grande expérience politique, ou à cause de celle-ci, n'a offert aucun conseil à la France (1). Lord Brougham et les États-Unis ont voulu mettre

(1) Ce n'est que récemment que le *Times* a osé penser haut sur la France. Voir *le Galignani* du 5 mars 1850.

leur expérience à son service, mais aussitôt ils se sont abstenus (1). Le congrès de la paix, à Paris, n'a osé s'expliquer ; il aura été découragé en voyant parmi ses membres français un écrivain populaire pour qui le libre échange est « le nœud serré d'un écheveau embrouillé (2), » un économiste pour qui « les douanes sont l'ancre » de salut des finances (3). » — La Beaumelle observait : « Il n'est pas de nation » qui aime moins devoir ses ministres ou » ses héros aux étrangers, que celle à qui » les étrangers ne doivent ni ministres ni » héros. » Il faut croire qu'il en est de même des conseils. Quant aux publicistes français du jour, le résultat a prouvé que leurs écrits ne pouvaient rien. Est-ce faute de sagesse chez les conseillers, ou faute de

(1) M. de Barante, *Questions constitutionnelles*, p. 168.

(2) *Socialisme et impôt sur le capital*, p. 123.

(3) *Sophismes économiques*, p. 8.

goût pour les conseils chez les Français? ou serait-ce, chez les uns et les autres, faute de cette disposition à renoncer à ses usages en vue de meilleurs, et qui produisit chez les Romains les effets que l'on sait (1)?

Écrivains conservateurs. — Écrivains novateurs.

Les grands rhéteurs n'ont vu aucune cause à la révolution (2); aussi ne suggèrent-ils que réaction, nouvelle révolution pour restaurer. — Ils n'ont rien su proposer. En effet, « La faculté de la pa-

(1) *Grandeur des Romains*, ch. 2.

(2) *Décadence de la France*, Raudot, p. 59, troisième édition. — Aux yeux de M. Thiers (*De la Propriété*), la France a tout ce qu'elle peut souhaiter en fait de liberté. — *Journal des Economistes*, 15 février 1850, p. 290 : La spoliation des consommateurs ne serait rien; les déficits du budget *avant* même 1848, pas davantage!

» role en France appartient assez généra-
» lement aux têtes vides (1). » Raudot n'a placé qu'à sa *dernière* demi-page les mots : « J'indiquerai le remède ; » et celui qu'il indique, la décentralisation, n'est pas celui par lequel il faut commencer. Les « Questions diplomatiques » de Deffaudis sont un bon livre, qui ne s'est guère vendu. — *Les Débats* ne l'ont pas apprécié ; ils ne sont plus capables de reproduire les articles des journaux anglais, quelques lignes d'un discours de lord Lansdowne, sans en re-

(1) Chateaubriand, *Congrès de Vérone*, I, p. 394. — Les conservateurs ne savent rien expliquer ; ainsi, *la Revue des Deux-Mondes*, février 1850, p. 669, laisse sans réponse la question pourquoi les grandes et solides destinées que le gouvernement parlementaire poursuit en Angleterre ne nous ont-elles pas été accordées? — *Le Journal des Économistes*, 15 janvier 1850, p. 154, dit : « MM. Chevalier, Blanqui, etc., se tiennent souvent *en dehors* de la vérité économique. Ils aboutissent à la réglementation, au monopole, et c'est la liberté qu'il faut vouloir. »

trancher jusqu'aux faits qui deviennent des principes lumineux. — Les petits rhéteurs ont prouvé leur incapacité à donner à la révolution un objet, un but justifiable. — Ils n'ont proposé que niaiseries ou théories insensées, ignorant ce mot de Burke : « Theoretical perfection in government and » practised oppression are closely allied. » Le dictionnaire politique du *National* n'est que pitoyable ; pour être pernicieux, il faudrait qu'il eût des lecteurs.

Conciliateurs.

De médiateurs, point (1). Cependant Burke soutenait : « He who can not mediate is not fit to rule. » — Lycurgue, Solon, Servius Tullius, Publicola, Thésée même ne furent que des conciliateurs qui

(1) *Times*, *Galignani*, 20 mars 1850 : « Nowhere is there any party prepared for a *middle course.* »

terminaient et prévenaient des luttes sociales (1). La France est *sans* programme ; rien n'indique qu'elle en trouve un de sitôt.

De l'opinion publique.

Quant au peuple que Hume définissait : « Ceux qui ne pensent pas ou pensent de » travers, qui, faute de remonter aux prin- » cipes, veulent les fins et refusent d'ad- » mettre les moyens, et qui, ne démêlant » pas leur intérêt particulier dans l'intérêt » général, agissent le plus souvent contre » l'un et l'autre sans s'en apercevoir ; » il suffit de l'observation de la *Revue d'Edimbourg :* « Le seul grand écrivain politique » qu'ait eu la France y est resté incom-

(1) Quant à la mission que reconnaît à Hercule M. Guizot (*De la Démocratie*, fin du second chapitre), un idéologue allemand n'aurait pas mieux imaginé.

» pris (1). » Voltaire, par trop d'esprit, ne pouvait l'entendre ; mais si, en France, Montesquieu ne peut rien, qui donc pourra? — En Angleterre, *l'Esprit des Lois* est sur la table de la chambre des communes (2).

Cause de la révolution.

La Révolution de 1848 (3) est venue à la suite des progrès de la population pendant trente-quatre années de paix, tandis que les ressources nationales, les facultés

(1) Ainsi M. Thiers, dès les premières pages du *Traité de la Propriété.*—Ainsi *la Revue des Deux-Mondes*, 15 février 1850, p. 669.

(2) Montesquieu, *OEuvres posthumes*, 1798, note des éditeurs, p. 184.

(3) *Times*, 6 septembre 1848 : « To provide labour and food for its teeming population... Is of all questions the most important. » M. de Tocqueville, à cette fin, se préoccupe d'une *Statistique agricole*, 23 mars 1850. On se préoccupe

du peuple n'augmentaient pas dans la proportion des besoins (1). Ceci s'explique par la faute inexplicable de retenir pour la France *seule* le système barbare que le despotisme de Napoléon avait voulu imposer au continent, du moins, *tout entier*. — « Lorsque plusieurs états furent momen- » tanément réunis à la France par Napo- » léon, la liberté commerciale s'étendit

de la presse, oubliant que « the revolution of » 1830 was begun by the printers who were de- » prived of the means of subsistance by the or- » dinances of Charles X. » Cobden.

(1) Les *Débats* disaient que « les *désirs* avaient augmenté plus encore. » Plût au ciel que ceci fût vrai! Car, qu'est-ce qu'un peuple qui ne désire et n'obtient pas beaucoup? Burke l'a dit: C'est un peuple dénué d'esprit de liberté. Les *Débats* reconnaissent enfin le 17 mars 1850 « que les » excès du système prohibitif ont *quelque peu* con- » tribué à tous les rêves insensés d'organisation » du travail. » Ils auraient pu ajouter: et à ces » plaintes *fondées*, *mais mal dirigées*, contre la » tyrannie du capital.

» entre eux ; et ce fut peut-être la plus » grande compensation des malheurs de » cette époque (1). » — La bonne, la haute, la grande politique, depuis, n'a point songé au sevrage de la France, comme si Sully n'eût jamais parlé que de mamelles (2). — Montesquieu avait dit : « Les » Anglais sont le peuple du monde qui a » le mieux su se prévaloir de ces trois » grandes choses, la religion, le commerce » et la liberté. » Or, l'auteur de la brochure : « Pourquoi la révolution d'Angleterre a-t-elle réussi, » parle, il est vrai, de religion (3), mais en faisant intervenir la Providence de manière à rappeler : « Cœlum ipsum petimus stultitiâ. » De liberté, il parle peu et comme celui qui n'a pas

(1) Droz, *Économie politique*, p. 135.

(2) Voir les servitudes royales et loyales, citées par Hume (*Essais*).

(3) *Pourquoi la révolution d'Angleterre a-t-elle réussi*, p. 122, etc.

l'esprit de liberté ; — de commerce, il n'en sait pas parler, quoiqu'il revienne d'Angleterre, pays gouverné *pour* et *par* le commerce (1), » ou pour et par la démocratie. — Du reste, le titre de la brochure est jésuitiquement faux ; comment une révolution, que l'auteur stigmatise avec raison « de désordre immense, inconnu, » pourrait-elle jamais réussir (2) ?

Appréciation de la situation.

La révolution a coûté plus que ses frais or, la France n'avait rien à perdre en fait

(1) Deffaudis, *Questions diplomatiques*, p. 53. L'Angleterre ne vient-elle pas, mars 1850, de tirer Jones Loyd de son comptoir pour le porter d'emblée à la chambre des lords?

(2) Boulay de la Meurthe, en l'an VII, intitulait avec plus de vérité son *Essai sur la révolution d'Angleterre* : « Des causes qui amenèrent la » *république*, qui devaient l'y consolider, et l'y » firent périr. »

de richesses. — La révolution *n'a rien changé*, sinon la forme du gouvernement, chose indifférente en elle-même tant qu'elle n'arrête pas l'essor de l'esprit général, et tant qu'elle n'empêche pas les lois de suivre le développement des mœurs. — Lamartine disait en 1839 : « La France est » une nation qui s'ennuie ; » est-elle sortie de ses ennuis ? Non ; car la « nation soleil » est stationnaire comme le sont le soleil et le chaos (1). Or, la situation force l'esprit. — L'*isolement* sous le rapport du commerce, telle a été, telle est la cause de l'ennui et des révolutions en France (2).

(1) « Le chaos des opinions. » Barante, *Littérature française au dix-huitième siècle.* — Montalembert disait : « En 1793, c'était une halte dans le sang ; en 1840, c'est une halte dans la boue. » — Guizot se faisait borne. Les *Débats* disaient : « N'est pas borne qui veut, » et Guizot l'a prouvé.

(2) La Beaumelle, réflexion 96e : « L'homme n'est jamais malheureux que par ennui. » — Les Anglais n'ont pas de mot pour *ennui*.

Et la République ne songe pas depuis deux ans à conjurer cette cause d'instabilité ? — « C'est que, dit Platon, opiniâtreté de» meure avec solitude. » — Guizot, historien, écrivait : « C'est le résultat d'une » civilisation très-avancée de féconder la » nature sensible de l'homme, et de faire » naître mille moyens d'occupation et » d'intérêt (1). » — Guizot, ministre, ignorait que cette abondance morale, le commerce seul peut la donner ; que « true » statemanship is to make people busy (2). » — Le prince de Kaunitz observait « que » ce qu'un Anglais ignore est prodigieux. » Qu'eût-il dit s'il eût connu..... ? Mais

(1) *Histoire de la Civilisation en France*, III. p. 352.

(2) Cette maxime ne doit pas se traduire par ces mots de Hauterive : « Laissons le public à ses *plaisirs*, à toute la *concurrence* des intérêts privés. » *Sa Vie*, p. 417. — Ce serait revenir aux maximes « *Divide et impera*, Opprimons avec sagesse. »

l'ennui sauve la France, il vient de faire justice du socialisme. — Autre erreur : Napoléon avait prédit que l'Europe deviendrait républicaine *ou* cosaque; on a compris en France *et* cosaque. Cependant jamais la France n'a moins été exposée à subir la conquête.

Appréciations des remèdes suggérés par les écrivains français.

Le simple retour à une des formes de gouvernement qui toutes ont été tyranniques en France, et dont aucune n'a su assurer sa durée, serait certes aussi fou que la réforme des bases de la société. — La monarchie est aussi impossible sans ordres intermédiaires et aujourd'hui sans liberté du commerce, que serait impossible la société sans la famille, sans la propriété et dans l'anarchie. — C'est, d'ailleurs, dans les circonstances *données* par les évènements et dans le sens de ceux-ci que l'homme d'état doit aviser; la République n'est pas impossible, elle le prouve depuis deux ans en France.

Conseils. — 1° Qui élire ?

La république, puisque république il y a, et que le bien commun doit être son objet, n'est possible qu'aristocratique, c'est-à-dire qu'autant qu'elle sera gouvernée par les *meilleurs*, sans distinction de nobles, de riches, de privilégiés. — Or, qui sont les meilleurs aujourd'hui? — Les notabilités militaires. Dans l'armée sont les esprits domptés, animés du sentiment du devoir, de l'honneur et du respect, de l'esprit de corps et de subordination; les militaires sont les seuls, aujourd'hui, capables d'organiser des partis politiques; or, *la force* n'est que dans les *corps*. — Ayant des principes et pas d'opinions, ils sont sans préjugés destructeurs. De plus, « règle assez générale, le gouver. » nement militaire est, à certains égards, » plutôt républicain que monarchique (1). » Enfin, « le génie militaire, particulier aux » Français, est si fort, qu'il renferme pour » eux le génie de tous les autres talents; » l'art d'écrire et de parler appartient à » leurs hommes de guerre (2). » Que seraient pour la France des représentants tels que Hauterive? — Il recommandait aux agents de toutes les puissances « d'être » dans un état constant de défiance, d'op- » position avec les légations anglaises, » p. 302 (3). »

Cependant il reconnaissait, p. 304 : « Que le développement du système com-

(1) Montesquieu, *Grandeur des Romains*, ch. 16.

(2) Chateaubriand, *Congrès de Vérone*, I, p. 308.

(3) *Vie de Hauterive*, par Artaud.

» mercial avait fini par se mêler à tous les » rapports de la politique, avait dominé » toute influence. » — Rentré dans la vie privée, l'ex-ministre avouait en 1814 : « Autant j'ai eu d'aversion pour l'Angle- » terre, autant je penche à l'aimer. — Je » vais l'*étudier*. » Et alors de faire trois ouvrages sur l'économie politique, p. 370 (1).

2° Mandat à donner.

En nommant des notabilités militaires pour ses représentants, la nation doit leur

(1) Avec des nobles, jadis couverts de sueur, de sang et de poussière, avec un tiers-état qui n'était rien et qui devait être tout, notez l'observation du *Spectator*, 16 mars 1850 : « The worst » is that there appears to be no leading man that » owns sympathy with the people, and is there- » fore at once able to command and conciliate » affection. » — Le type de Publicola ne s'est peut-être jamais reproduit en France. « Ut in rostris curiam, in senatu populum defenderem. »

enjoindre la paix; — « car la paix est pres- » que le bonheur, et le bonheur est la vraie » paix (1). Il faut être pacifique par principe (2). » — Puis la nation doit leur enjoindre la liberté du commerce la plus absolue (3) pour la France et pour l'Italie puisqu'on y est (4); car sans liberté, pas de commerce (5), et sans commerce pas de liberté (6).

(1) *Grandeur des Romains*, ch. 9.

(2) *Esprit des Lois*, XX, 8.

(3) Condillac (*le Commerce et le Gouvernement*, 1795, p. 331) observait : « Il est impossible de » rien établir de précis, quand on veut mettre » des bornes à la liberté du commerce ; en effet, » où poserait-on ces bornes? »

(4) Qu'il ne soit pas dit que la France « vires sine mente gerit. »

(5) *Esprit des Lois*, XVIII, 3. « Les pays ne » sont pas cultivés en raison de leur fertilité, » mais en raison de leur liberté ; » c'est-à-dire, on ne produit qu'autant qu'on peut écouler; autrement, c'est l'état stationnaire et le chaos.

(6) C'est là tout ce que veut l'*Esprit des Lois*,

Appréciation des conseils ici donnés.

« Changer les rapports extérieurs n'est » pas dangereux, et peut servir de pâ» ture à l'avidité politique qui fait de» mander aux nations qu'on change les » rapports intérieurs (1). » — Ce changement ne nécessite la refonte ni du gouvernement ni de la société. Il consiste à abroger les douanes qui ne sont qu'une entrave au développement de la richesse, des lumières et de la liberté. — Le libre-

et tout ce que les Français n'y voient plus. — D'Alembert comprit Montesquieu lorsqu'il dit : « Le goût du commerce est le véritable objet de » l'amour de la patrie. » De même La Beaumelle, réflexion 164e, Supplément : « La liberté » du commerce amènera la liberté politique. » « En France, dit Cormenin, on ne sent ni on ne » comprend la liberté. » — Mais le *pourquoi*, Cormenin ne le comprend pas.

(1) *Lettres de Saint-James*, p. 107, 1822.

échange, en faisant participer la France à tous ces avantages qu'ont sur elle l'Angleterre et les Etats-Unis, et nommément *au bas prix des capitaux*, permettra, s'il y a lieu, de subvenir par des emprunts annuels aux déficits des budgets, aux besoins des pauvres, à l'indemnité d'intérêts acquis, mais qui ne sont pas des droits à la protection; pendant que le développement des richesses, des lumières et de l'esprit de liberté amènera le gouvernement de soi-même (self government), ou par localités, la réforme de l'impôt et du budget, c'est-à-dire la réduction des charges (1). La centralisation convient à tous les peuples, mais aux Français parce qu'ils sont sans éducation politique. — Le malheur en France est que la centralisation, à défaut d'hommes d'état et d'hommes d'affaires, est inhabile à faire le bien. —L'Angleterre se gouverne

(1) Comment Paris aurait-il des hommes d'é-

par localités, elles a ses tendances démocratiques; mais à tout acheminement démocratique correspond un progrès plus notable vers la centralisation (1). — Les deux tendances se corrigent mutuellement; la

tat, quand il n'a pour banquiers que des étrangers? C'est que « les Français ont ajouté toute la » corruption de l'esprit mercantile aux restes » honteux des préjugés de leurs pères. » *Vie de Turgot*, 1786, p. 243. — L'Herbette, député, fait en 1835 une bonne brochure sur la liberté du commerce, puis la chose en reste là. « Quid » profuit vidisse te veritatem, quam nec defen- » surus esses, nec secutus? » disait Lactance de Cicéron. — En vain attendrait-on que l'éducation politique vînt de l'école.—La Beaumelle, 95e réflexion, établissait dès 1760 : « Règle générale. » Les revenus publics sont plus ou moins bien » administrés, suivant que les peuples sont plus » ou moins libres. Les Anglais passent pour » mieux entendre les finances qu'aucun autre » peuple ; c'est leur *constitution* qui l'entend » pour eux, » c'est-à-dire, elle a fait toujours céder leurs intérêts politiques aux intérêts de leur commerce.

(1) *Edinburg Review*, p. 16, janvier 1845. —

centralisation y est nommée *consolidation*, c'est-à-dire, unité de maximes, de but, garantie de contrôle supérieur. — Un Français a-t-il su écrire ceci à son pays ?

L'Angleterre a adopté tardivement, mais héroïquement, la liberté du commerce, quoique « elle était grevée d'une dette dont les intérêts n'approchent que de ceux de la dette hypothécaire en France ; cette dette tient à ce que l'Angleterre n'a jamais répudié ses engagements.

» Elle n'avait pas de voisin aux ressources duquel elle pût recourir pour des emprunts.

» Elle avait à ménager les intérêts acquis sous sa protection, des deux tiers industriels et du tiers agricole de sa population.

» Elle se jetait dans des voies *nouvelles*. »

Autre chose est la bureaucratie. « A board is a » screen, » disait Bentham.

Pour la France, ces difficultés n'existent pas. —

Car sa dette est légère, grâce à six banqueroutes nationales depuis Sully (1) ; la France peut d'emblée participer à tous les avantages que l'Angleterre a sur elle (2) ; elle n'a à indemniser que les intérêts acquis et cachés des industriels qui ne forment qu'une minime partie de la population ; plus des trois quarts sont agricoles ou du moins n'ont rien à redouter de la concurrence et ont tout à gagner à la liberté du commerce ; tous sont intéressés

(1) *Times*, 8 juin 1848. Ainsi, 1° sous Sully ; 2° à la fin du règne de Louis XIV ; 3° sous Lepeltier ; 4° sous l'abbé Terray ; 5° en 1794, assignats ; 6° en 1797, les deux tiers de la dette nationale furent supprimés.

(2) *Edinburg Review*, 1842, p. 532. « If England and other nations were connected by a » free trade, the capital and skill which she has » accumulated would be common property of » all the parties to the commerce. »

au bon marché des nécessités de la vie (1).

La France n'a qu'à *suivre* les voies déjà explorées par l'Angleterre.

Chez les Grecs, toute proposition sage devait être présentée par un honnête homme; en France, on attend qu'un immense, un admirable talent trouve son intérêt personnel à prendre l'initiative d'une mesure quelconque, ou se fasse prophète de malheur. — Il semblerait qu'en France il n'y ait qu'un mot qui serve, c'est l'*ordre*. — Mais M. Guizot a très-bien dit : « L'ordre vient avec le développement (2). » Ce

(1) Notre Seigneur ne dédaignait pas les nécessités de la vie; preuve : les miracles de l'eau changée en vin, de la multiplication des pains, la pêche miraculeuse, enfin : « Donnez-nous notre pain quotidien. » — Le *Journal des Economistes*, 15 février 1850, page 243, estime en moyenne à 33 pour cent l'enchérissement des produits nationaux par suite du système prohibitif.

(2) *Histoire de la Civilisation en France*, I, p. 339.

qu'il n'a pas su dire, c'est que le dévèloppement ne peut venir qu'avec la liberté, si toutefois il y a esprit de liberté.

L'abbé Dubos a constaté « qu'avant la » réunion de l'Écosse, on appréhendait com- » munément en Angleterre que ses trésors » ne passassent en Écosse, sitôt qu'un com- » merce ouvert y serait permis. Les Écos- » sais eux-mêmes craignaient exactement » tout le contraire. — Le temps a fait voir » si de part et d'autre on avait raison (1). »

Un ministre d'Angleterre, d'un siècle bien passé, croyait que le jour où l'intérêt des capitaux en France s'abaisserait au niveau du taux de l'Angleterre, celle-ci serait réduite à déclarer la guerre à la France. — Depuis l'Angleterre a mis, aujourd'hui elle ne demande encore qu'à mettre ses capitaux au service de la France.

(1) Hume, *Essais, sur la balance du commerce*, 1754, p. 198.

De la Constitution.

La liberté, fondée sur celle du commerce, « qui est la profession des gens *égaux* (1), » trouvera en elle-même des correctifs que Rome ne put connaître. Néanmoins, il faut méditer le VIe livre de Polybe, qui conclut « que toute forme » *simple* de gouvernement, celui des meil» leurs mêmes (2), dégénère tôt ou tard. » Rome *république* eut un gouvernement *mixte*. Cet exemple devrait entraîner la France à en former un semblable, dont l'objet serait le commerce et non le brigandage. Elle n'a point, comme Rome, à

(1) *Esprit des Lois*, V, 8.

(2) Par meilleurs, Polybe n'entendait pas une aristocratie de *talents*. — Napoléon jura, mais un peu tard, en 1814 : « Je ne veux plus m'en» tourer que d'*honnêtes* gens. » *Vie de Hauterive*, p. 320.

lutter quatorze ans contre le rétablissement de la royauté, quarante-six ans pour l'établissement des lois, quatre-vingt-quinze ans pour arriver à l'égalité politique. — Sans doute le peuple français peut dire qu'en Février, tel que le peuple romain et à la différence de celui d'Ardée (Tite-Live, IV), 9... Mais il ne s'agit pas de flatter un peuple à qui l'on impose le renoncement à la liberté du commerce, c'est-à-dire à ses besoins (1). « Legem agrariam, hoc » est, alimenta sua abdicaverunt tribus. » Pline, VIII, 30.

Conclusion.

La cause des révolutions, Tite-Live (XXXVII) l'a indiquée : « Miseriis certè

(1) L'abrogation des douanes conduira à l'abrogation de nombre d'impôts de consommation. Mais la théorie de l'impôt n'enseigne-t-elle donc

coactæ insanire gentes. » La cause du goût superstitieux de l'égalité est inscrite dans l'*Esprit des Lois* (V, 4) : « Ce qui fait le terme de la misère, c'est l'égalité. » De là le socialisme, le communisme, etc. L'indifférence pour l'économie politique, qui n'a qu'une seule solution grande, sûre et facile, « la liberté, » tient au défaut d'esprit de liberté. « Le moyen de rendre » les hommes raisonnables et vertueux est

qu'à *déguiser* l'impôt? Ce serait appliquer à l'impôt ce que La Fontaine affirmait d'un autre mal :

Quand on le sait, c'est peu de chose ;
Quand on l'ignore, ce n'est rien.

Les consommations populaires ne portent pas sur des objets de luxe, mais sur des objets de nécessité.—L'Angleterre va employer la moitié de l'excédant de ses recettes à diminuer les taxes sur la consommation, et dans l'intérêt des classes pauvres ; car ces taxes, bien que dites indirectes, pèsent directement sur les pauvres, et plus que sur les riches.

» d'y rendre les circonstances favora-
» bles (1). » « Naturæ non imperatur nisi
» parendo. » Bacon. « Aide-toi, » dit Raudot ; oui, mais « laissez faire, » disait Gourney.

(1) Destutt de Tracy, *Moyens de fonder la morale d'un peuple.*

Typographie Dondey-Dupré, r. St-Louis, 46, (Marais).

www.ingramcontent.com/pod-product-compliance
Ingram Content Group UK Ltd.
Pitfield, Milton Keynes, MK11 3LW, UK
UKHW021205230726
13926UKWH00001B/331

9 782014 069228